L’orphelinat la menace

Samantha Handel

L'orphelinat la menace

Roman

LE LYS BLEU
ÉDITIONS

ISBN : 979-10-422-1583-5

Chapitre 1
Rencontres

An 2110 sur notre planète. Je m'apprêtais à faire une découverte aussi merveilleuse qu'effrayante.

Ils pensaient tous que c'était du suicide, mais je sais maintenant qu'ils m'ont menti. Je compris que même la NASA m'avait trompée sans raison au début de cette folle aventure.

Quand j'ai découvert ce monde incroyable, dont l'air était aussi chaud que celui du Sahara, j'ai tout de suite deviné qu'il était possible d'y vivre. Tout était réuni pour que la plupart des espèces, notamment les humains, puissent s'y installer.

Dès mon arrivée, j'ai eu le sentiment de ne pas être seule ici. Une sensation qui s'est rapidement vérifiée lorsque j'ai aperçu des enfants. Étaient-ils accompagnés d'adultes ou vivaient-ils en pure autonomie ? Ils s'amusaient à se battre avec leur air pur et innocent. Des jeux d'enfants comme on en voit tous les jours, sans méchanceté, je suppose.

Il était midi quand, après avoir consulté ma montre, j'ai croisé le regard d'une fillette. Bien que plus petite et plus jeune, elle ressemblait beaucoup aux êtres qui peuplaient la planète Mül dans le film *Valérian*. Âgée de trois ou quatre ans, ses mimiques m'amusaient et ses yeux pétillants reflétaient sa soif de vivre. Je ressentais sa crainte, pourtant elle me sourit.

Après quelques instants, elle s'éloigna vers ce qui me semblait être un orphelinat. J'aperçus alors une adulte, la seule que j'avais croisée jusqu'à présent sur la planète. Elle me parut plutôt avenante sous son air méfiant et je décidai de m'approcher. J'imaginai aisément sa défiance de me voir débarquer ici et d'aller la voir sans préjugés. Drôle de situation, n'est-ce pas ?

Je me résolus à aller lui parler et à lui expliquer pourquoi et comment j'étais venue. De son côté, la femme me posa mille et une questions auxquelles je ne pus répondre et, pour tout dire, que je ne compris pas. La seule chose qui m'apparut avec clarté fut sa douleur, quand je finis par apprendre dans un discours entremêlé de larmes que, chaque mois, des terriens sans scrupules venaient ici lui prendre ses précieux orphelins. Elle n'avait aucune idée du sort qui leur était réservé et elle ressentait une peur terrible pour eux, mais aussi pour tous les enfants qui finiraient par lui être enlevés. Je découvris également que la NASA était directement impliquée dans cette affaire.

À ce moment précis, tout s'éclaira en moi et je compris. Je saisis le sens des propos de l'agence fédérale, quand elle me disait que c'était du suicide de me rendre sur Mars, ou qu'elle refusait de financer mon expédition. Tout devenait limpide.

Mais alors, pourquoi des enfants étaient-ils kidnappés ? Jamais je n'avais entendu de telles choses quand je travaillais à l'agence. Aussi, malgré l'ampleur de ma découverte, je sus qu'il était de mon devoir de les aider.

Seul Stephen pouvait m'éclairer sur ce sujet sensible. Mais il fallait réparer la radio pour profiter ensuite des précieuses minutes de communication qu'elle m'offrirait. Je partageais mon idée avec Claire, la femme de l'orphelinat, même si j'ignorais encore si nous découvririons la vérité un jour.

Claire parvint même à faire naître des doutes en moi. Et si Stephen faisait lui aussi partie de ces personnes capables de kidnapper des enfants. Cela était impossible, pas lui ! Nous finîmes par tomber d'accord : je le contacterais après le déjeuner, qui s'avéra du reste délicieux et fort copieux.

Après la vingtaine de minutes qu'il me fallut pour réparer la radio, j'appelai Stephen et lui expliquai la situation. Il fut surpris et eut du mal à saisir pourquoi des enfants étaient enlevés sur Mars alors même qu'il y en avait en nombre sur Terre. Sa colère le faisait bégayer. En quelques clics, il parvint à forcer le cryptage de la NASA et sa haine ne tarda pas à déferler :

« Bande de connards ! Comment, pouvez-vous voler des enfants innocents pour servir l'intérêt de l'État ? »

Je pestiférai à mon tour quand il m'apprit que l'État, toujours lui, publiait des informations de la NASA sans même lui demander son avis, et que l'agence avait décidé de se venger en mettant au pouvoir des enfants ayant des dons particuliers.

À y regarder de plus près, l'État n'était finalement constitué que d'un chef entouré d'une brassée de parlementaires, et qui se fout de la planète préférant agir comme bon lui semble. Et des personnes des quatre coins de la planète l'aidaient pour cela !

Je digérai donc l'information et contactai rapidement Claire, qui manqua de s'évanouir devant l'horreur de la nouvelle. Nous décidâmes alors, Stephen, Claire et moi-même, de contrer leurs plans. Si nous ne savions pas encore comment, nous avions au moins la certitude que l'on unirait nos forces pour y parvenir. Bien déterminée à empêcher une guerre, je pris conscience que j'étais pourtant prête à en provoquer une juste pour protéger nos petits orphelins.

Une dizaine de jours après nos premiers échanges, un drame se produisit. Un homme prénommé Drake tenta de kidnapper la jeune Alice – cette fillette que j'avais aperçue à mon arrivée sur la planète –, et voulut l'enfermer dans son vaisseau. L'enfant hurlait de toutes ses forces et Drake eut le plus grand mal à concrétiser son plan. Avec Stephen et Claire, nous nous mîmes à crier pour nous faire entendre de la petite et la sommer de créer une tornade. Elle ne se fit pas prier et envoya à l'humain une puissante tornade du coin de son œil mouillé de larmes. Quant à Edmund, il projeta une boule de feu sur l'homme et son équipement pour l'empêcher de décoller. Notre petite entreprise fonctionna à merveille puisque Drake lâcha Alice avant de se hâter vers son vaisseau et de décrocher la radio encore active. Nous dressâmes l'oreille pour entendre quelques bribes de sa conversation :

« C'est Drake. La mission était juste de ramener une fillette pour la faire adopter, mais vous ne m'aviez pas dit que les enfants avaient des pouvoirs… Je vous en prie, venez me chercher… Ce n'était pas le contrat… Ramenez-moi immédiatement sur Terre, je ne veux rien savoir… Non, s'il vous plaît, attendez… Ne raccrochez pas… Et merde ! »

Trois jours passèrent après l'événement et Drake restait de son côté. On décelait parfois sa gentillesse lorsqu'il s'adressait aux enfants ou même à nous. Je le trouvais attentif avec eux, au point de me demander s'il avait eu un enfant à lui un jour.

Pouvait-on toutefois lui faire confiance et lui révéler la vérité et les plans de son agence ? Je me décidai à lui expliquer les choses simplement, mais il ne comprit pas de prime abord. Ce fut Stephen qui le convainquit et Drake voulut agir à nos côtés. Je continuais à douter de sa fiabilité, mais avait-on vraiment le choix ? Même s'il avait essayé de fuir cette maudite planète rouge, comme il se plaisait à l'appeler, les dégâts causés par le feu l'en empêchaient. Nous devions faire avec sa présence.

Chapitre 2
Le plan

C'est à quatre que nous prîmes la décision d'imaginer un nouveau plan. Nous ne savions pas encore que Drake était l'un des plus grands astronomes de son époque et nous en fîmes le constat après avoir entendu ses arguments pour échafauder notre plan.

— *C'est là qu'intervient Alice, commença Drake. Elle feint de se laisser attraper par le garde de la pièce où sont les petits. Ensuite, nous arrivons tous les trois discrètement et nous l'assommons dès qu'il ouvre la porte. Il suffira de quelques minutes pour que tout le monde parte dans les vaisseaux. Comptez vingt minutes tout au plus.*

— *On pourrait demander à Gaëlle et Edmund, qui nous accompagneront, d'utiliser leurs pouvoirs ? proposa Stephen. Ils pourront contrôler et modifier les pensées de tout le monde là-bas, et nous libérerons ainsi les enfants au pouvoir. Est-ce clair pour vous, Claire et Amélie ?*

— *Je ne sais pas vraiment si les jeunes auront suffisamment de force pour tenir aussi longtemps*, dit Claire. *Je sais qu'ils s'entraînent depuis la naissance à se servir de leurs pouvoirs, mais je suis inquiète. Ils n'ont que 13 et 17 ans !*

— *Je suis d'accord avec toi. Pourtant, il va falloir qu'ils tiennent le coup le temps que les garçons aillent voir la NASA et que je me rende auprès du Président*, continua Amélie.

— *Claire, toi et un autre collègue qui est au courant de l'histoire, vous protégerez les vaisseaux pour qu'on reparte sur Mars ensuite,* déclara Stephen qui recherchait l'approbation de Drake.

— *Oui, vous comprenez l'urgence Mesdames ? Amélie, tu as toi aussi raison. Il faudra détourner l'attention le temps que l'on convainque le Président et la NASA d'arrêter toute cette diffamation à l'égard du peuple et de l'État.*

Stephen, emporté par l'enthousiasme général, poursuivit :

— *Drake, Claire et Amélie, je compte vraiment sur vous pour les convaincre d'arrêter au plus vite. Mais celui qui m'inquiète le plus, c'est le Président. Comment va-t-on le dissuader ?*

— *Moi, je sais m'y prendre avec ce genre d'individus*, le rassura Amélie. *C'est peu glorieux, mais tout le monde sait qu'il aime la chair fraîche, et j'ai 24 ans ! S'il le faut, je suis prête à donner mon corps pour qu'on retrouve la paix et que les enfants soient protégés.*

— *Mais enfin Amélie, tu es devenue folle !* s'esclaffa Claire. *Cet homme est répugnant et cela pourrait être considéré comme un viol !*

Stephen approuvait les propos de Claire, mais il savait au fond de lui qu'elle avait raison et que la tactique pouvait fonctionner. C'était connu que le Président était accroc au sexe et qu'il aimait se faire dominer par les femmes. Pourtant, il avait peur pour Amélie et il préféra refuser cette option. Claire alla dans son sens :

— *Non, tu ne te donneras pas à lui. Je suis contre l'idée, tout comme Stephen. Et toi Drake, qu'en penses-tu ? Je te trouve bien silencieux et cela me rend perplexe.*

— *Cela va peut-être vous surprendre*, répondit l'homme en regardant Amélie, *mais si tu penses qu'il faut le faire pour sauver les enfants et que tu es prête, et j'insiste sur le mot « prête », alors fais-le ! Tu as le libre arbitre sur ton corps et, quel que soit ton choix, je te souhaite bon courage.*

— *Merci les amis,* sourit Amélie. *J'ai bien réfléchi et je suis prête. Ce ne sera pas ma première fois, donc tout se passera bien. Et qui sait, peut-être que ce mec est beau et, s'il est aussi égoïste et influençable avec le sexe qu'on le dit, cela me facilitera la tâche.*

— *Puisque la décision est prise, chacun sait maintenant ce qu'il a à faire,* conclut Drake. *Allons préparer les vivres et demandons à l'un des jeunes de surveiller les autres pendant la mission. Mon Dieu, je n'avais pas été aussi excité par quelque chose depuis que l'on m'avait annoncé que j'irais sur Mars ! Mais trêve de plaisanterie, ce n'est pas le moment de divaguer* !

Pour la première fois depuis longtemps, Drake était heureux de se sentir utile, reconnaissant même. Il allait protéger des enfants, et il appréciait le cadre agréable et serein de cet orphelinat sur Mars. Il savait que les petits étaient bien traités ici, et cela suffisait à son bonheur.

Chapitre 3
Le voyage Terre – Mars

Le temps s'écoula rapidement avant l'heure du départ et chacun en profita pour se reposer un peu. Claire et moi donnâmes les dernières consignes aux enfants qui nous attendraient ici. Nous rappelâmes également à Alice, Edmund et Gaëlle, qui allaient nous accompagner pour la mission, ce qu'ils auraient à faire et à quoi ils devaient s'attendre.

Le départ sonna et le trajet en navette fut l'occasion pour tous les cinq d'apprendre à nous connaître. Alice allait fêter son quatrième anniversaire dans l'espace, et Gaëlle et Edmund ne cessaient de se disputer pour avoir la tablette de dessin. Dessiner était leur passion. À voir ces petits face à nous, Drake, Claire et moi-même comprîmes que notre destinée ne se résumait pas à sauver de jeunes orphelins.

Nous savions maintenant qu'à 52 ans, Drake avait un fils de 24 ans. Il était le plus âgé du groupe, ce qui ne l'empêchait pas de se ronger les ongles dès qu'il stressait. Et dans le cas présent, être stressé était un euphémisme ! Pour sa part, Claire avait de nombreux projets sur Mars et elle me proposa de vivre avec elle sur la planète rouge. Je savais que nous nous cachions des choses toutes les deux, même si j'avais perçu dès le premier jour qu'elle en pinçait pour moi et qu'elle admirait mon courage.

Toutes les petites attentions que l'on avait l'une pour l'autre depuis le décollage étaient-elles des signes que nous nous adressions mutuellement ? Pouvait-on imaginer nous mettre en couple à l'issue de ce voyage qui durait déjà depuis plusieurs semaines ?

Claire rompit le silence :

— *Déjà deux mois ! C'est incroyable ! Joyeux anniversaire, Alice ! Je suis tellement fière de t'avoir élevée depuis que tu es toute petite et, même si je ne te le montre pas assez, je te remercie ma puce. Tu es un vrai miracle à mes yeux.*

EDMUND ET GAËLLE : *Joyeux anniversaire de nous deux, la petite !*

DRAKE : *Oh oui, c'est un merveilleux cadeau de te connaître Alice. Bon anniversaire, petite princesse ! Nous n'avons pas de cadeau aujourd'hui,* *mais dès que nous arriverons sur Terre, nous fêterons dignement ton anniversaire.*

AMÉLIE : *Drake a raison. Joyeux anniversaire, Alice !*

ALICE : *Merci ! Gaëlle, donne-moi ton dessin. Ze le veux, il est trop beau. Mais pourquoi z'ai pas de cadeau, c'est mon anniversaire. Ze veux des cadeaux. Z'en veux aussi grand que la montagne que tu m'as montrée, Claire.*

GAËLLE : *D'accord, je te donne mon dessin, mais seulement si tu ne le dis pas à Edmund. Je ne veux pas qu'il soit jaloux. Et quand on sera sur Terre, on fêtera tous ton anniv'. Je te l'ai déjà dit cent fois !*

ALICE : *Merci, merci, merci ! Promis, je ne dirai rien à Edmund. Je le promets croix de bois croix de fer.*

EDMUND : *Sacrée petite ! Mais au fait, pourquoi je n'ai pas le droit d'avoir ce dessin, moi ? Il est super, je l'adore ! Je plaisante. Si tu veux Gaëlle, je peux t'apprendre à faire un oiseau en relief.*

GAËLLE : *C'est parce que c'est son anniversaire, mais j'accepte ton offre. Seulement tu ne dis à personne que j'ai pris un modèle pour le dessin.*

EDMUND : *Promis. Du coup, tu me passes la tablette ?*

L'amitié d'Edmund et Gaëlle se renforçait au fil du temps. Le garçon lui apprenait à dessiner en relief, et ils utilisaient la tablette à tour de rôle. Drake et la petite Alice se rapprochaient aussi et, quand il s'installait dans sa couchette, l'enfant le rejoignait souvent à la recherche d'une présence paternelle. Il était étrange de voir ce lien quand on savait le déroulement de leur première rencontre.

Il ne restait plus à Claire qu'à m'avouer ses sentiments.

Le voyage touchait à sa fin, nous n'avions plus que deux jours à bord. Je me sentais heureuse auprès de Claire. Inquiète aussi d'imaginer sa réponse et de savoir de quel côté viendrait le coming out.

AMÉLIE : *Claire, je peux te parler ? C'est important, mais je ne sais pas comment tu vas le prendre. C'est difficile à dire.*

CLAIRE : *Tu sais, quoi que tu me dises, rien ne pourra casser notre amitié ni mon estime pour toi. Et puis, une meilleure amie est là dans les bons et les mauvais moments, comme tu le fais pour moi...*

AMÉLIE : *Alors voilà... Je t'aime. Je ne sais pas comment te le dire autrement, je suis désolée.*

CLAIRE : *Ne le sois pas, c'est au contraire la plus belle déclaration que l'on m'ait faite. Moi aussi, je t'aime pour ton courage, ta simplicité et ton être tout entier. Je te suis tellement reconnaissante pour tout ce que tu fais pour les orphelins. Et tu sais, quand* *je t'ai proposé de vivre avec moi, c'est juste que ce sentiment était réciproque.*

Pendant ce temps, sur la Terre. Stephen attendait avec impatience l'arrivée du groupe et alla aux nouvelles avec sa radio.

— *1.2 1.2, vous m'entendez ? Ici, Stephen. J'espère que tout va bien pour vous. Je vous envoie les coordonnées GPS du lieu d'atterrissage. Vous verrez, c'est un endroit magnifique où il n'y a jamais personne, à part mon chef Elliot. Il m'a dit que vous trouverez des cabanes vides sur place et des vivres. Vous n'avez plus qu'une journée avant d'atterrir, c'est bien ça ? J'ai vraiment hâte de vous rencontrer Drake et Claire.*

AMÉLIE : *Oui, je te reçois 5 sur 5. C'est Amélie ! Je viens de recevoir les coordonnées GPS. Tu es bien sûr du lieu ? Il y avait qui avant sur place ?*

STEPHEN : *Ne t'inquiète pas, ce n'étaient que de vieux collègues et de la famille. Mais c'est bon, on a viré tout le monde, ils ne respectaient pas le site. Tout est donc prêt pour vous accueillir et en plus Elliot adore les jeunes. La petite Alice vient de fêter ses quatre ans, non ?*

AMÉLIE : *Oui, c'est ça, il y a un mois maintenant. Et Gaëlle lui a fait un très beau cadeau.*

STEPHEN : *Elle aime le tiramisu ?*

AMÉLIE : *Elle t'entend et elle me dit que oui, mais juste au chocolat !*

STEPHEN : *Parfait ! Nous lui en préparerons un pour son arrivée.*

AMÉLIE : *Je vous remercie, toi et ton ami. Il s'appelle comment déjà ?*

STEPHEN : *Elliot, il s'appelle Elliot. Et c'est avec plaisir pour le tiramisu !*

AMÉLIE : *Je coupe la radio, car il ne nous reste que quelques heures avant l'atterrissage. Je vais en profiter pour aller me reposer avec Claire.*

STEPHEN : *Enfin en couple ! Je vous souhaite que ça dure très longtemps. Bisous.*

AMÉLIE : *Oui ! Bisous.*

Chapitre 4
Atterrissage

Tout le monde dormait quand le vaisseau se posa silencieusement au beau milieu de la nuit dans une forêt paisible. Nous nous levâmes les premières et sortîmes de l'appareil pendant que les garçons profitaient de leurs derniers instants de sommeil.

La forêt était calme et de la douceur s'en dégageait. Seuls les cris de quelques rapaces nocturnes et le bruissement de petits rongeurs brisaient le silence. Le vent caressait les feuilles des arbres et j'admirais la clarté de la lune, si belle. C'est alors que je vis la première cabane, et les six autres qui s'étalaient dans la clairière. Elles étaient toutes plus magnifiques les unes que les autres. Subjuguée par cette beauté ambiante, ce fut le moment que choisirent Gaëlle, Claire et Alice pour se lever. Elles furent ébahies à leur tour, jamais elles n'avaient rien vu d'aussi beau.

Trente minutes plus tard, les garçons descendirent. À 13 ans, le jeune homme s'afficha en caleçon, juste préoccupé de n'avoir rien à se mettre. Un jean et un tee-shirt propre nous parurent suffisants. Il nous rejoignit donc après s'être changé et nous nous approchâmes d'une cabane. Quand nous y entrâmes, quelle fut notre surprise !

STEPHEN : *Surprise ! Joyeux anniversaire, Alice !*

ALICE : *Une fête juste pour moi ? Tu avais raison, Gaëlle. Tu as vu ? Tu as vu ?*

AMÉLIE : *Super comme accueil ! J'ai failli faire une crise cardiaque. Trêve de plaisanterie, merci pour Alice. C'est génial !*

DRAKE : *Quel accueil ! Je suppose que vous êtes Stephen. Moi c'est Drake. Enchanté !*

CLAIRE : *Bonjour, je suis Claire.*

STEPHEN : *C'est un réel plaisir de vous rencontrer enfin et de pouvoir mettre un visage sur vos voix. Cela fait vraiment du bien ! Et pour la surprise, je voulais qu'Alice fête dignement son anniversaire. J'ai donc prévu un gâteau et des cadeaux ! Mais avant de commencer la fête, Alice, veux-tu goûter le gâteau ?*

ALICE : *Oh oui ! Ze veux du gâteau s'il te plaît.*

STEPHEN : *Il est là. Mais attends, qu'est-ce que c'est ? Oh, une pièce de deux euros !*

ALICE : *Comment tu as fait ?*

STEPHEN : *Les magiciens ne révèlent jamais leur tour.*

ALICE : *C'est pas juste !*

STEPHEN : *Allez, tu veux une part de gâteau ?*

ALICE : *Et après, j'aurai mes cadeaux ?*

STEPHEN : *Bien sûr. Régale-toi !*

Après avoir déposé nos bagages, nous nous installâmes autour de la table pour déguster ce délicieux gâteau. Rapidement, nous entrâmes dans le vif du sujet et nous évoquâmes le second vaisseau et l'issue de la mission.

Ce fut le moment que choisit Elliot pour faire son entrée. Il nous expliqua la présence d'un engin à l'aéroport de la ville ; un appareil qui lui paraissait idéal avec une capacité d'une vingtaine de personnes, adultes et enfants confondus. Le seul souci était qu'il fallait être deux pour le manipuler.

Malgré tout, cela me semblait trop simple pour être vrai. Et si Claire partageait mes doutes, les hommes étaient sûrs de leur coup. Il ne restait donc que quelques détails à gérer, car nous devions agir le lendemain ; l'État et la NASA ayant prévu de se réunir.

CLAIRE : *Si on allait se balader pour se changer les idées ?*

ALICE : *Je viens avec toi, j'en peux plus de ce truc volant !*

GAËLLE : *Est-on tous obligés de sortir ? Je m'excuse Edmund et Alice, mais je me sens fatiguée.*

AMÉLIE : *Ne t'en fais pas Gaëlle, tu peux rester.*

GAËLLE : *Merci Amélie. Tu fais quoi, toi ? Tu restes ou tu vas avec eux ?*

AMÉLIE : *Je t'avoue que je prendrais bien un bon bain chaud. C'est décidé, je reste aussi !*

GAËLLE : *Super ! Merci.*

L'ensemble du groupe salua les deux femmes, qui partirent chacune prendre une douche. Après ce moment de détente tant attendu, je décidai de lire un peu, pendant que Gaëlle consultait son téléphone.

Le soir venu, tout le monde revint et se coucha de bonne heure, car la journée du lendemain promettait d'être fatigante.

Le grand jour était arrivé et, une fois prêts, les jeunes répétèrent leur rôle. Nous prîmes la route.

Quand ils arrivèrent à la NASA, Claire et Stephen se virent refuser l'accès. Mais c'était sans compter notre plan infaillible et notre connaissance d'une entrée secrète par laquelle nous rentrâmes à tour de rôle. Nous devions faire sortir les enfants dans le plus grand calme et les conduire rapidement jusqu'au vaisseau situé à deux kilomètres de là. Quand ce fut chose faite, et que les jeunes furent en sécurité, Claire conduisit l'appareil à l'endroit précis que Stephen et Elliot lui avaient indiqué. La première partie de la mission était accomplie !

C'était désormais à mon tour de faire mes preuves avec ce cher Président, pendant qu'Edmund et Gaëlle modifiaient les pensées des personnes présentes dans le bâtiment. Celles-ci arrivaient une par une et l'une d'elles était hors de contrôle, ce qui rendait la tâche bien complexe pour Gaëlle.

De mon côté, je jouai à merveille le rôle de dominatrice de Monsieur et j'arrivai sans peine à lui faire promettre de ne plus rien diffuser sans l'accord de la NASA.

AMÉLIE : *C'est simple, si tu fais quoi que ce soit qui est contraire à notre contrat, je porte plainte pour viol ! Par contre, si tu m'écoutes, attends-toi à me revoir ce soir et à ce que j'assouvisse tes désirs.*

PRÉSIDENT : *Oui, maîtresse. Je ne ferai rien de contraire au contrat. Mais frappe-moi encore plus fort ! Fais-moi une fellation et je te ferai un cunnilingus. J'ai envie de te faire l'amour comme un sauvage, que tu me fasses mal.*

AMÉLIE : *Alors commençons tout de suite !*

Amélie céda aux caprices de cet homme animé par des pulsions presque animales.

À la fin, je lui fis signer un pacte : il me trahissait et je dévoilerais tout de lui et de ses fantasmes. Puisque nous étions tombés d'accord, le Président se rhabilla et je sortis tranquillement, comme si rien ne s'était passé. Il contacta aussitôt ses équipes et les informa de sa volonté de retirer immédiatement les informations diffusées par la NASA. Chacun des membres dut ensuite promettre de respecter à la lettre sa décision sans poser de question. Or, seul un individu, Hitlar Daymon indiqua son refus catégorique de se plier à un tel ordre du Président. On lui retira alors tout moyen de communication, de son ordinateur à son téléphone, en passant par sa télévision. Sait-on jamais ! Il ne poserait plus de problème après cela, selon les parlementaires et les membres de l'État.

Nous pensions donc avoir terminé la mission en nous dirigeant vers la NASA, et surtout l'avoir réussie. Pendant que Gaëlle et Edmund se reposaient, l'agence changea d'avis et on lui expliqua que l'État avait décidé de tout arrêter et de respecter la nouvelle loi pour éviter un conflit. Des excuses publiques furent faites et nous pensions que l'heure de notre retour approchait.

C'était sans compter sur ce cher Hitlar, qui se mit à détruire plusieurs vaisseaux, dont l'un des nôtres duquel il retira la batterie pour nous empêcher de démarrer. Mais ce qu'on ignorait tous était qu'Edmund avait un autre pouvoir caché que celui de contrôler ce qu'il voulait : il pouvait transformer des papiers et déchets en d'autres objets. C'est ce qu'il fit pour nous fabriquer une batterie toute neuve et trois fois plus puissante que la première. Nous fûmes tous très surpris de ce talent caché et nous remerciâmes chaleureusement le jeune homme, qui avait plus d'un tour dans son sac.

Les vaisseaux pleins, nous rentrâmes sur Mars.

Désormais, je vivais auprès de Claire et de quatre petits orphelins. Après plusieurs mois à partager nos vies, j'étais follement amoureuse d'elle. Je passais des heures à la questionner sur sa planète Mars et celles aux alentours, sur son arrivée, et j'aimais l'entendre me raconter comment elle l'avait découverte.

Sur la planète rouge, il n'y avait maintenant plus d'enfants à adopter. Les quatre derniers orphelins vivaient avec nous pour notre plus grand bonheur.

Aujourd'hui, Gaëlle se sentait nerveuse, le jour du grand départ était arrivé. Edmund et elle n'avaient qu'une envie : repartir sur Terre, et nous avions fini par céder après de longues discussions. Or, à 13 ans et 17 ans, Edmund et Gaëlle ne pouvaient pas s'y rendre seuls et nous décidâmes qu'un adulte les accompagnerait. Ils continuèrent à insister pour y vivre et la décision fut prise pour Gaëlle que nous estimâmes en âge de faire le voyage. Edmund ruminait jusqu'à ce que Drake proposa une solution à la radio, qui ravit l'adolescent.

Chapitre 5
La décision

AMÉLIE : *Claire, tu te souviens de Drake ? Je repensais à lui. Tu te rappelles qu'il a un fils de 24 ans et qu'il est un bon père ?*

CLAIRE : *Tu veux qu'Edmund aille vivre avec lui ?*

AMÉLIE : *Qu'en penses-tu ?*

CLAIRE : *Si c'est ce qu'il veut, je suis d'accord pour qu'il reste avec Drake jusqu'à sa majorité.*

AMÉLIE : *Tu étais au courant ? Drake t'en a parlé, non ?*

CLAIRE : *Pas du tout. J'ai seulement vu à quel point tu es attentionnée avec les enfants et tu sais comme c'est important pour moi que les personnes autour de moi soient heureuses. Et je me doutais un peu que Drake ne serait pas contre l'idée d'avoir un second fils.*

AMÉLIE : *C'est formidable ! Allons leur annoncer la bonne nouvelle.*

Quelques instants plus tard…

AMÉLIE : *Les jeunes, j'ai bien conscience que ces derniers mois ont été éprouvants. Nous avons donc discuté avec Claire et nous sommes tombées d'accord sur votre immense courage, votre intelligence et votre patience. Je tiens tout d'abord à vous en féliciter. Passons aux bonnes nouvelles maintenant ! Tout d'abord, Gaëlle. Je suis émerveillée par tout ce que tu es capable de faire et, avec Claire, cela nous a convaincues de te laisser aller sur Terre.*

CLAIRE : *Toi, mon grand, Amélie et Drake ont accepté que tu ailles vivre chez Drake à une condition : tu devras y rester jusqu'à tes 18 ans.*

GAËLLE : *Merci ! Merci beaucoup ! Je pars dès demain, j'ai trouvé un job sympa là-bas. Le patron m'a proposé un appartement pour moi toute seule pour que je puisse travailler dans de bonnes conditions.*

EDMUND : *Merci. Mais pourquoi je ne peux pas rester avec Gaëlle ? Si elle va vivre sur Terre, je peux bien aller avec elle. Et puis Drake, entre nous, je ne le connais pas vraiment. Je pourrais aider Gaëlle à entretenir l'appartement ?*

CLAIRE ET AMÉLIE : *Edmund !*

CLAIRE : *Tu es jeune et tu ne connais rien de la Terre contrairement à Gaëlle. Puis, elle doit pouvoir se reposer après le travail et avoir des moments rien qu'à elle aussi.*

EDMUND : *OK, je comprends.*

GAËLLE : *Je viendrai te rendre visite pendant mes jours de repos et mes congés, ne t'inquiète pas.*

EDMUND : *Alors c'est d'accord ! Mais c'est seulement parce que je te verrai.*

CLAIRE : *Tu peux remercier Drake et Amélie, car c'est grâce à eux que tu peux y aller.*

EDMUND : *Merci Amélie !*

Pendant que nous menions notre discussion tambour battant, une personne bien loin d'ici n'avait rien oublié de la réconciliation et se préparait à tout faire exploser à la NASA. Hitlar avait mis en place un plan diabolique et se tenait prêt à faire sauter une première bombe dans l'une des fusées. Il lui fallut trois jours pour mettre son plan à exécution et tuer ainsi deux astronautes : une femme de 28 ans et un adolescent de 18 ans. La guerre reprit de plus belle entre L'État et la NASA ; l'agence pensant que le gouvernement était responsable de la mort des deux astronautes.

Cela faisait trois mois que Gaëlle vivait sur Terre quand elle apprit la nouvelle. Elle nous appela immédiatement et nous décidâmes de la rejoindre avec nos deux derniers orphelins. En plus de pouvoir régler le problème, c'était l'occasion de tout quitter pour redémarrer une nouvelle vie sur la planète bleue.

CLAIRE : *Je me demande ce qui a pu se passer sur Terre pour que la querelle reprenne. Nous avions pourtant réglé le problème il y a quelques mois. Alors pourquoi tout recommence ? Et comment peut-on accuser l'État de ce meurtre ? C'est impensable !*

AMÉLIE : *Je ne comprends pas non plus. C'est vrai qu'on avait prévu de fêter nos six mois ensemble sur Terre, mais je n'imaginais pas le faire dans ces conditions. Drake en sait peut-être plus. Qui aurait intérêt à tuer des innocents, comme ça, sans raison ?*

CLAIRE : *Si seulement je le savais. Retournons à la base et menons notre enquête !*

AMÉLIE : *Oui. Et crois-moi, le responsable va morfler ! Je te le promets.*

Chapitre 6
Terre de feu et de glace

Depuis notre départ de Mars, je ne cessais de m'émerveiller face aux planètes et à la multitude d'étoiles que nous croisions. Ce monde était inconnu de nous autres humains. Pour sa part, Claire appréciait le spectacle, mais elle en avait plus l'habitude que moi. Elle connaissait même une planète : Pluton, que les humains croyaient trop petite pour en être une. Cette dernière était habitée par des animaux légendaires et on y croisait des chimères, des griffons, des licornes et autres dragons. Des animaux que chacun imaginait vivre uniquement dans les récits mythologiques. Nous passâmes d'ailleurs tout proche de Pluton et nos yeux étaient écarquillés devant tant de beauté.

CLAIRE : *Regarde Amélie, des phénix ! C'est incroyable d'en voir autant !*

AMÉLIE : *Attends, j'en vois plein ! 1, 2, 3, 4, 5... C'est magique ! Et deux autres là-bas. Il y en a 7 en tout ! Et moi qui pensais que c'était une pure invention humaine pour nous faire rêver !*

CLAIRE : *Non, sur Pluton et bien au-delà de cette planète, il y en a beaucoup d'autres. Si tu veux, on peut y faire une pause et chercher une licorne. Elle pourra exaucer tous tes vœux, mais au prix d'un sacrifice quand même. Tu veux une petite visite guidée ?*

AMÉLIE : *Vraiment ? Mais comment as-tu connu Pluton, ou plutôt cette belle petite planète de terre et de glace ?*

CLAIRE : *Ma mère était une humaine comme toi. Elle était astronaute et, un beau jour, elle a rencontré mon père qui, lui, était un demi-alien. Ils sont tombés amoureux et me voici arrivée ! Mon père a eu la chance de vivre sur Pluton quand il était enfant. Il nous l'a fait visiter et nous a appris ses dangers. Jusqu'à mes 8 ans, c'était même notre lieu de vacances favori. Par contre, tu feras bien attention, car les chimères peuvent être dangereuses. Tu me suivras pour qu'on les évite.*

AMÉLIE : *Mais comment peux-tu en être aussi sûre ? Ces animaux sont imprévisibles. En tout cas, je comprends mieux maintenant pourquoi tu insistais pour qu'on s'arrête ici plutôt que sur une autre planète plus proche de la Terre.*

CLAIRE : *Tu as raison, ça me plaît d'être ici. Mais le souci c'est qu'on n'aura pas suffisamment d'énergie pour s'en approcher. Il faut donc trouver une licorne pour profiter de ses capacités de magie blanche.*

AMÉLIE : *Sont-elles si rares que cela ? Après tout, on est sur la planète des animaux fantastiques, non ? Si tu l'appelles, je suis certaine qu'elle viendra.*

CLAIRE : *Ce n'est pas comme cela que ça fonctionne, tu sais. Une licorne n'est pas comparable à un cheval, c'est une créature magique. Elle est craintive. Et pour profiter de son aide, comme je te l'ai dit, il faut faire un sacrifice important.*

AMÉLIE : *Je n'en vois qu'un seul pour moi.*

CLAIRE : *Lequel ? Tu as déjà sacrifié ton corps ! Je ferai le sacrifice moi-même.*

AMÉLIE : *Si tu y es prête…*

CLAIRE : *Chut… Regarde, une licorne là-bas. Attends-moi, j'y vais seule pour ne pas l'effrayer.*

AMÉLIE : *D'accord. Bonne chance.*

Claire s'avança vers la licorne à pas feutrés.

CLAIRE : *Bonjour, douce licorne. J'aimerais te demander un service. Nous avons un souci et tu es notre seule issue. Serais-tu d'accord pour nous aider ?*

La licorne leva délicatement la tête au bout de quelques secondes. Des brins d'herbe en flamme pendaient encore de son museau. Elle s'avança vers Claire avec timidité avant de se cabrer pour voir si elle l'intimidait. Il n'en fut rien. Elle se mit donc à trotter autour d'elle, le temps de réfléchir au sacrifice que ma compagne devrait faire pour bénéficier de son aide.

LICORNE : *J'accepte, mais, en échange, tu ne pourras pas enfanter et tu seras stérile.*

CLAIRE : *S'il le faut, j'accepte ce sacrifice. Je te remercie.*

LICORNE : *Merci à toi et adieu Claire et Amélie.*

CLAIRE ET AMÉLIE : *Adieu !*

AMÉLIE : *Mais je ne veux pas que tu deviennes stérile ! Je n'ai rien dit sur le moment, mais j'ai tant de peine pour toi.*

CLAIRE : *Ne t'en fais pas pour ça. Retournons dans le vaisseau et partons.*

AMÉLIE : *Attache ta ceinture, c'est parti ! Vivement qu'on arrive et qu'on règle ce problème !*

Au même moment, Gaëlle et Edmund se jetèrent un regard, essayant de comprendre ce qui venait de se passer.

EDMUND : *Drake est peut-être au courant. Tu en penses quoi, toi ? On doit savoir qui se cache derrière toute cette histoire. Cela fait maintenant six mois et toujours aucune idée !*

GAËLLE : *Oui, on va tout faire pour le découvrir.*

Ils échangèrent donc avec Drake.

DRAKE : *Bonjour Gaëlle. J'ai beau retourner la situation dans ma tête, je suis sûr que c'est lui. Tu te souviens que je t'avais parlé d'un gars qui s'était fait renvoyer ?*

GAËLLE : *Bonjour Drake. Oui, je me souviens d'un certain Hitar, Hiter, Hitlar ? Je ne me rappelle pas tout à fait son nom, mais je vois de qui tu parles. C'est bien celui à qui on avait retiré tous les moyens de communication et d'information, non ?*

DRAKE : *Tu as raison, il s'appelle Hitlar, et je crois bien qu'il est déterminé à faire des siennes. Mais maintenant que je suis certain de sa culpabilité, il va falloir trouver des preuves.*

EDMUND : *Oui, on doit prouver sa culpabilité. Au fait, tu sais quand les filles arriveront ?*

DRAKE : *Aux dernières nouvelles, elles partaient de Pluton. Elles ne devraient plus tarder.*

EDMUND : *Je crains qu'on ne soit pas en nombre suffisant pour contrer ce fou, si c'est bien lui le coupable et qu'il a vraiment commis tous ces actes affreux. Et en plus, sans vouloir te vexer Gaëlle, vous les filles, vous n'avez pas beaucoup de force.*

GAËLLE : *On n'a peut-être moins de force physique que vous, mais ce que tu oublies, petit, c'est qu'on a la force de l'intellect. Et dans ce domaine, on fait toute la différence !*

Deux jours plus tard, Claire et Amélie arrivèrent sur la Terre. Claire tenait absolument à me faire une surprise pour fêter les six mois de notre rencontre, même si ce n'était ni le lieu ni le moment pour célébrer l'événement.

CLAIRE : *Je suis si contente qu'on ait passé les six derniers mois ensemble. J'aimerais te faire un cadeau.*

AMÉLIE : *Merci, mon amour, mais le moment n'est pas forcément idéal pour cela…*

CLAIRE : *Je sais, mais c'est vraiment un super cadeau. Tu ne regretteras pas d'être revenue ici, je te le promets.*

AMÉLIE : *Claire, je suis prête à tout pour toi, mais, s'il te plaît, le moment est mal choisi. Je suis désolée ma chérie. Attends, mais ?*

STEPHEN : *Hello !*

CLAIRE : *Et si ! C'est bien ta surprise. Tu m'avais demandé si on allait les revoir. Donc voilà ! Tu boudes ou tu te décides à me faire un bisou avant de partir les voir ? En attendant, descendons plutôt les affaires.*

AMÉLIE : *Merci mon cœur ! Je t'aime, je t'aime, je t'aime ! Les amis, comme je suis contente de vous voir ! Comment allez-vous ? Stephen, quoi de neuf ? Et ton boulot, Gaëlle ? Drake ne fait pas trop de bêtises ?*

EDMUND : *Tout s'est bien passé. On va tous très bien !*

GAËLLE : *Super maison et super job, alors ça va bien de mon côté.*

DRAKE : *Et Edmund s'est vite adapté.*

Au loin, nous aperçûmes Stephen qui nous attendait.

DRAKE : *C'est Stephen qui te fait cet effet ?*

AMÉLIE : *Je n'ai pas eu de ses nouvelles depuis longtemps. Ça me fait bizarre de le voir mal rasé avec sa barbe de trois jours.*

STEPHEN : *Ça ne te plaît pas ? J'avais juste envie de changer de style.*

CLAIRE : *Vous flirtez derrière mon dos ?*

AMÉLIE : *Pas du tout. Je disais juste à Stephen que j'avais été surprise par sa barbe.*

CLAIRE : *Ah oui, c'est vrai !*

CLAIRE ET AMÉLIE : *On prend quelle cabane pour dormir ? Stephen, tu es parmi nous ?*

STEPHEN : *Oui, oui. Prenez la bleue.*

AMÉLIE : *Tu m'as l'air perdu. Tout va bien ?*

STEPHEN : *Oui, ne t'inquiète pas. J'étais juste dans mes pensées. Rien d'important.*

AMÉLIE : *Tu en es sûr ?*

STEPHEN : *Oui. Allez plutôt vous reposer.*

AMÉLIE : *Tu me le dirais s'il y avait quelque chose de grave, n'est-ce pas ? Stephen ?*

STEPHEN : *Bien sûr.*

Le lendemain, alors qu'ils étaient réunis autour de la table ronde, ils échangèrent à propos du fameux Hitlar.

DRAKE : *Hitlar est notre principal suspect. C'est un homme du gouvernement, qui cherche à détruire l'État tout entier.*

AMÉLIE : *Je sais que c'est lui à présent. Gaëlle a fait des recherches et elle a découvert où il travaillait. Et devinez ? Il travaille à la NASA. Bizarre, non ? Claire, tu pourrais peut-être essayer de te faire embaucher dans son service. Ils sont toujours en quête de nouvelles têtes.*

EDMUND : *Il faudra que tu prennes des caméras et on te posera un micro.*

CLAIRE : *C'est d'accord. Vous savez quand aura lieu la prochaine session de recrutement ?*

GAËLLE : *C'est demain.*

Pendant ce temps, à la NASA…

HITLAR DAYMON : *Tu penses qu'on doit recruter ?*

SON SUPÉRIEUR : *Oui, il nous faut un profil qualifié ou non. Peu importe.*

HITLAR : *Et quand est-ce que je verrai le supérieur ?*

SON SUPÉRIEUR : *Après ton travail. Mais si tu as un souci, Daymon, je suis là moi aussi.*

HITLAR DAYMON : *Ce sera une femme ? Ne t'inquiète pas, j'ai juste besoin de parler d'un truc en rapport avec elle et moi, rien de plus.*

SON SUPÉRIEUR : *Ça marche. J'y vais, ma femme m'attend un peu plus tôt ce soir. Tu te souviens, je t'en avais parlé.*

HITLAR DAYMON : *Oui, à demain.*

Hitlar profita de ce moment seul pour réfléchir à son plan. Il la tuerait si elle n'acceptait pas de céder à son chantage. Pour la faire plier, il lui ferait croire qu'il avait des secrets sur elle et qu'il les dévoilerait si elle ne signait pas le contrat qui ferait de lui son héritier direct à la NASA. Il voulait devenir riche sans être soupçonné d'avoir triché pour y parvenir. Mais c'était sans compter qu'il était déjà en proie à de nombreux soupçons…

De son côté, Claire prit le chemin de la NASA. Comme elle ne voyait pas Hitlar, elle se fit passer pour une groupie, un peu folle, disons-le, qui voulait absolument travailler pour lui. Elle se fit remarquer par un agent, qui la conduisit devant Hitlar. Subjugué par la beauté de la jeune femme, il l'écouta d'une oreille et la recruta.

Chapitre 7
Le harcèlement

Si Hitlar avait recruté Claire, cela était plus pour sa beauté que pour ses talents. Peu importait, Claire avait réussi avec brio la première partie de sa mission. Désormais, elle devait gagner la confiance d'Hitlar, ce qui fonctionna rapidement puisque l'homme, épris de Claire, finit par ne plus penser à son plan machiavélique. Ce dernier devint d'ailleurs secondaire, tombant presque dans l'oubli.

Hitlar se montrait chaque jour un peu plus pervers à l'égard de Claire. Il lui trouvait toujours une tâche pour laquelle elle devait se pencher, ce qui lui permettait d'observer à loisir ses attributs féminins. Il la maltraitait, mais elle devait se taire tant qu'il ne lui avait pas avoué ses intentions.

Six mois plus tard, lorsque le grand nettoyage de la salle de réunion eut lieu, Hitlar recommença ses agissements odieux. Les limites de Claire furent dépassées.

HITLAR DAYMON : *Tu aimes ça, salope ! Je vais te baiser sur le bureau, maintenant, et tu ne diras rien. Si tu parles, je te tuerai, comme je l'ai fait il y a un an avec les deux astronautes. Viens par là, salope ! Tu aimes ça, hein !*

CLAIRE : *Lâche-moi ! Tu me fais mal ! Je ne veux pas !*

Quand il eut fini son affaire, il se rhabilla et laissa Claire déboussolée. Malgré les protestations de la jeune femme, il était parvenu à éjaculer sur elle et surtout en elle. Elle se rendit à la hâte dans les toilettes, où elle s'enferma pour téléphoner à Amélie. Cette dernière lui conseilla de sortir du bâtiment le plus rapidement possible. Drake était proche, vers l'école, et il passait la prendre.

CLAIRE : *Il faut d'abord que je récupère les vidéos. Je ne sais pas où il est. J'ai si peur.*

Elle finit par raccrocher et réunit ses affaires, tandis que le monstre arriva et se mit à hurler.

HITLAR DAYMON : *Tu es virée et j'ai dû démissionner à cause de toi. Tout est de ta faute !*

CLAIRE : *Je prends mes affaires et je pars. Cela ira très vite.*

Hitlar quitta la pièce en claquant la porte, ce qui fit sursauter Claire, qui ne s'était pas encore remise de la violence de l'événement. Elle se précipita vers les caméras et les micros, et les dissimula dans son sac à main.

Une fois dans la voiture, elle éclata en sanglots et trembla de tout son être. Elle éprouvait de la honte mêlée de dégoût. Drake fit son possible pour la rassurer. Quand ils arrivèrent sur le camp, il attendit qu'elle se lave et il lui suggéra de mettre les vêtements souillés dans un sac en guise de preuve. Il lui promit que tout irait bien.

DRAKE : *Sois courageuse. Je t'emmène au poste de police.*

Sur place, Elliot la reçut et il leur fallut un certain temps pour réaliser qu'ils se connaissaient.

CLAIRE : *La situation est bien embarrassante pour le commissaire.*

ELLIOT : *Je t'en prie, ne sois pas gênée. Et appelle-moi Elliot. Tu sais, avec les preuves que l'on a, il va finir en taule, c'est certain. De ton côté, file à l'hôpital pour passer un examen gynécologique. C'est pénible, mais c'est la procédure. Je place tes affaires sous scellé jusqu'au procès. Maintenant, c'est sûr, il ne pourra plus aller ailleurs, on le tient.*

Claire se rendit à l'hôpital, où l'urgence de la situation lui permit de passer devant tous les patients. Quelques jours plus tard, le résultat fut sans appel :

l'ADN d'Hitlar avait été retrouvé et il avait donc bien violé la jeune femme. Des faits que confirmèrent les vidéos et qui entraînèrent la condamnation de l'homme. Après deux ans d'une interminable procédure, Hitlar écopa d'une peine à perpétuité sans remise de peine.

Claire était soulagée, bien qu'épuisée. Depuis le viol, elle avait sombré dans une profonde dépression. Elle se sentait continuellement sale et se frottait le corps à sang à chaque fois qu'elle se lavait, comme pour effacer les stigmates de son traumatisme. Alors qu'elle se relevait à peine, un événement aussi heureux qu'imprévu acheva de la remettre sur pied, et bouleversa le quotidien des deux amoureuses. Un donneur de sperme anonyme venait de faire un don et le troisième essai de l'insémination artificielle fonctionna. C'était une magnifique revanche sur la vie !

Chapitre 8
Le rendez-vous

Il avait fallu trois longues années de procédure à Claire et Amélie pour enfin devenir mamans. C'est moi qui portais le bébé. Nous avions décidé de l'appeler Hélios si c'était un garçon et Vénusia si c'était une fille. Vénusia était un petit clin d'œil à Vénus, mais en plus original. Je reconnaissais que je préférais un fils, même si une petite fille me comblerait tout autant de bonheur. Nous avions encore deux orphelins à nos côtés et nous ne perdions pas espoir de leur trouver de bons parents et de les faire adopter ensemble. Pour sa part, Alice était partie il y avait deux ans déjà et elle nous donnait parfois quelques nouvelles. La petite princesse se montrait toujours aussi gentille et polissonne, et elle appréciait d'être câlinée.

Claire me tira de mes pensées, tandis que nous devions nous rendre à notre rendez-vous chez la sage-femme. Nous devions vérifier que la grossesse se déroulait bien et que le fœtus était bien accroché.

CLAIRE : *On y va Amélie. C'est l'heure de ton échographie.*

AMÉLIE : *Oui, allons-y. J'étais perdue dans mes pensées. J'ai bien tout pris : mes papiers, les clés de la voiture. Tout est bon !*

CLAIRE : *Et ton téléphone ? Peux-tu le prendre au cas où il faudrait appeler Gaëlle ? Le mien n'a plus de batterie.*

AMÉLIE : *C'est fait. Qui conduit ?*

CLAIRE : *Moi.*

Arrivées chez Madame Duperse, la sage-femme gynécologue, on nous appela aussitôt.

LA SAGE-FEMME : *Madame Duchanel ?*

CLAIRE ET AMÉLIE (en chœur) : *Oui !*

LA SAGE-FEMME : *Madame Duperse est en salle de travail. Je vais donc vous recevoir et vous faire passer l'échographie. Posez vos affaires ici et prenez place sur la table à droite.*

AMÉLIE : *D'accord. Pourra-t-on savoir si c'est une fille ou un garçon ?*

LA SAGE-FEMME : *Bien sûr. Je vais d'abord vous appliquer du gel sur le bas ventre. Ça va être un peu froid. C'est un magnifique bébé que je vois. Il est en pleine forme ! Et ce sera un petit garçon. Voulez-vous écouter son cœur ?*

CLAIRE ET AMÉLIE : *Oh oui ! Avec plaisir !*

LA SAGE-FEMME : *Vous entendez, les battements sont réguliers et normaux. Le bébé se porte bien. Avez-vous déjà réfléchi à un prénom ? C'est peut-être un peu tôt...*

CLAIRE : *Nous l'appellerons Hélios. Nous avons un petit faible pour les prénoms qui font référence aux dieux et aux déesses. Ce sera donc Hélios.*

LA SAGE-FEMME : *C'est un prénom original et très joli. Les autres parents risquent d'être jaloux !*

AMÉLIE : *On y compte bien !*

Le rendez-vous s'acheva dans les rires et nous fûmes fières d'attendre un petit garçon. Nous nous demandâmes comment Gaëlle allait réagir et nous décidâmes de nous rendre directement chez elle. Nous voulions lui faire une surprise, mais lorsque nous toquâmes à la porte, personne ne répondit. Peut-être dormait-elle encore. Nous l'appelâmes donc sur son téléphone portable avec le peu de batteries qui restait sur celui de Claire.

AMÉLIE : *Gaëlle ? Tu n'es pas chez toi ? Nous sommes devant.*

GAËLLE : *Attendez quelques instants. Je suis au fond du jardin, j'arrive.*

AMÉLIE : *Tu n'étais pas plutôt en train de dormir ?*

GAËLLE : *Tu m'as démasquée ! Je suis rentrée tard hier.*

Gaëlle ouvrit la porte.

GAËLLE : *Coucou !*

AMÉLIE ET CLAIRE : *Coucou la travailleuse ! Pas trop difficile la vie ?*

GAËLLE : *C'est plutôt chargé en ce moment. Mais bon, c'est exceptionnel parce que les commandes ont triplé avec la baisse des prix. Et vous, ce rendez-vous ?*

CLAIRE : *Super ! Et c'est un petit garçon ! À ce sujet, on voudrait te demander quelque chose.*

AMÉLIE : *À toi l'honneur? Claire. C'est toi qui as eu l'idée.*

CLAIRE : *D'accord, je me lance. Alors, comme tu es majeure et responsable, que tu as un boulot et surtout, que tu adores les enfants, on voulait savoir si tu accepterais d'être la marraine d'Hélios.*

GAËLLE : *C'est vraiment un deuxième superbe cadeau ! Donc c'est un petit mec et en plus, je serai sa marraine ! Bien sûr que j'accepte ! Merci mille fois les filles.*

CLAIRE : *C'est nous qui te remercions d'accepter.*

Et comme toutes les bonnes choses avaient une fin, le téléphone de Gaëlle sonna. Son patron, débordé, appelait la jeune femme au secours, car il ne savait plus où donner de la tête.

GAËLLE : *C'est bon, j'arrive dans vingt minutes. Je suis désolée les filles, mais je dois vous laisser. Mon patron m'appelle à la rescousse et j'espère avoir une petite prime à la clé. C'est la cinquième fois qu'il* *me fait le coup. Je travaille tard le soir et le lendemain matin, je dois être au taquet. Je vous dis à bientôt. Bisous et n'oubliez pas : je vous aime !*

AMÉLIE : *Aucun souci Gaëlle, on comprend. Bon courage à toi. Bisous.*

Avant de rentrer chez elles, Claire et Amélie passèrent récupérer Igor et Valentin qu'un voisin gardait en leur absence. Bien que très gentil, Valentin était un adolescent alien plutôt turbulent. Alors quand il se disputait avec Igor, même si les deux préadolescents étaient adorables, les choses se compliquaient rapidement. Pour des jeunes normaux, ce n'était déjà pas simple, alors quand les enfants avaient des pouvoirs…

Devant la porte de leur voisin, Claire et Amélie entendirent des hurlements. Le vieux monsieur venait de constater qu'un pot de fleurs avait chuté du premier étage et il cherchait le coupable. Des passants auraient pu être blessés, il était hors de lui. Pour éviter que la sottise ne tourne au drame, les deux femmes remercièrent le voisin et lui expliquèrent qu'elles prenaient la situation en main. En voyant le regard penaud d'Igor, elles comprirent que Valentin était le seul responsable et elles lui signifièrent l'interdiction de réitérer ce genre de lancer dangereux.

AMÉLIE : *On peut remercier le voisin d'être là pour nous. Par contre, il faut vraiment que Valentin* *se calme s'il veut être adopté. Ses bêtises commencent à me peser, pas toi ?*

CLAIRE : *Oui, tu as raison. Après, ce ne sont que des ados et disons que les bêtises font partie du lot. Valentin n'a que 10 ans. Je pense aussi que les gens devront accepter leurs différences et leurs pouvoirs. On finira bien par leur trouver de bons parents. D'ailleurs, j'ai eu un contact tout à l'heure avec un couple qui me semblait pas mal du tout et qui cherchait à adopter plusieurs enfants. Peut-être les accepteront-ils comme ils sont ?*

IGOR : *Moi, je suis sûr que personne ne voudra de nous, personne ne voudra nous adopter.*

CLAIRE : *Il ne faut pas désespérer Igor, il n'est jamais trop tard, même à 14 ans.*

AMÉLIE : *On vous trouvera des parents géniaux.*

IGOR : *Si vous le dites. En attendant, je vais me laver et, oui, je sais, je ne reste pas dix ans sous la douche.*

AMÉLIE : *Tout à fait ! L'eau coûte cher.*

IGOR : *Tu te répètes encore Amélie. Je ne suis pas un poisson rouge, tu l'as dit cent fois.*

CLAIRE : *On se calme, ce n'est pas la peine de hurler comme ça ! Vous êtes grands, alors pas de dispute pour rien, d'accord ?*

IGOR : *OK.*

Chapitre 9
Héroïques ados

L'heure du repas approchait, et Claire et Amélie ne voulaient pas laisser Valentin seul après l'incident de l'après-midi.

CLAIRE : *Tu aimerais manger quoi ce soir, Valentin ? Des pâtes au jambon ou des samoussas au chèvre ?*

VALENTIN : *Tu as entendu ces cris ?*

AMÉLIE : *Je pense que c'est juste Igor qui chante sous la douche.*

VALENTIN : *Non, c'étaient des cris de filles.*

IGOR qui arriva à toute vitesse : *J'ai entendu des cris, alors je me suis rhabillé. Il faut aller voir et les aider, vite !*

CLAIRE : *Les enfants, allez vous cacher et prenez votre téléphone pour tout filmer au cas où il y aurait un souci.*

Claire et Amélie descendirent discrètement avec les garçons, et Claire se cacha tandis que je m'approchai des deux hommes en train d'agresser des adolescentes.

AMÉLIE : *Bonsoir, Messieurs, puis-je vous aider ? N'avez-vous pas honte de vous en prendre à deux jeunes filles, surtout à cette heure tardive ?*

LE PREMIER HOMME : *On n'embête personne ma mignonne. Ces filles nous ont volé un sac précieux et on veut juste le récupérer.*

AMÉLIE : *Tout d'abord, je ne suis pas votre mignonne, car on ne se connaît pas. Ensuite, si vous ne les lâchez pas, vous allez le regretter. En conclusion, foutez-leur la paix !*

LE SECOND HOMME : *Laisse tomber Darius, on les retrouvera plus tard. Une seule chose est sûre : le patron ne va pas être content. Tant pis, on prend le risque.*

LE PREMIER HOMME : *Ouais, t'as raison. On reviendra plus tard.*

Les voyous s'enfuirent. Claire et les enfants me rejoignirent et, intrigués, nous voulûmes savoir ce qu'elles faisaient avec cet étrange sac à dos.

AMÉLIE : *Bon alors, qu'avez-vous volé ? Et qu'y a-t-il de si précieux dans ce sac pour que deux hommes vous suivent et vous agressent en pleine rue ?*

LA PREMIÈRE FILLE : *On a juste récupéré un sac qui nous appartenait, ou plutôt qui appartenait à ma famille. Ils étaient dix dans l'entrepôt et on a* *vraiment eu du mal à le reprendre. C'est Anna, mon amie, qui a réussi. C'était important pour moi de le faire, car il y a un grimoire très ancien dans le sac. Ma mère avait prévu de me l'offrir pour mes quinze ans, en gros demain.*

ANNA : *En fait, ils ne veulent pas que Barbe Sorte, qui est l'ex de sa mère, ait le grimoire. On ne sait pas ce qu'il pourrait en faire, car c'est le plus grand hacker de tous les temps. Si le livre tombe entre de mauvaises mains, cela pourrait impacter la société tout entière.*

CLAIRE : *OK. Je suis Claire et voici Amélie. Si je résume bien, Clara, l'ex de ta mère est dangereux et il pourrait se servir du grimoire pour tout contrôler. C'est bien ça ?*

CLARA : *Oui, c'est ça.*

VALENTIN : *Salut, je suis Valentin, Val pour les intimes.*

IGOR : *Moi, c'est Igor. On va peut-être rentrer maintenant. Vous voulez venir avec nous les filles ou vous préférez rentrer chez vous ?*

ANNA : *On veut bien venir avec vous si ça ne vous dérange pas.*

AMÉLIE : *Bien sûr. Rentrons nous réchauffer, il commence à faire frais.*

Deux jours passèrent et l'adoption des garçons s'était déroulée dans d'excellentes conditions. Claire et Amélie dormaient lorsque le hurlement apeuré d'Anna retentit en pleine nuit, avant que Clara ne se mette à crier à son tour. Nous nous levâmes en sursaut pour voir ce qui se passait.

ANNA : *Ils sont revenus ! Au secours, ils arrivent encore plus nombreux que la dernière fois !*

AMÉLIE : *Claire, vite, le téléphone ! J'appelle Igor et Valentin.* (Après quelques sonneries) *Igor ? Il y a une urgence, dépêchez-vous, venez ! On n'y arrivera pas sans vous, la situation est incontrôlable... Je ne sais pas, des gens... Peu importe, venez vite ! Il n'y a que vous qui pouvez nous aider.*

IGOR : *On arrive !*

En les attendant, nous nous assîmes sur le sol et nous prîmes les deux jeunes filles dans nos bras pour les protéger. Igor et Valentin prirent les choses en main immédiatement.

VALENTIN : *Mets-leur un coup dans les testicules, Igor !*

IGOR : *J'ai déjà essayé, ça ne fonctionne pas.*

Igor eut soudain un éclair de génie et les gela sur place, tandis que Valentin leur fit couler de la lave en fusion sur le corps. Pendant que la police arrivait, alertée par les filles, les deux voyous agonisaient.

LE POLICIER : *On vous félicite les garçons. Ces deux malfrats étaient recherchés depuis longtemps et nous n'arrivions pas à les attraper. En attendant, ils* *ont tué et massacré de nombreuses familles. Vous êtes des héros !*

Anna et Clara étaient impressionnées par les deux adolescents et, sous leurs airs admiratifs, nous sentîmes que de jolies amourettes entre elles et les garçons étaient sur le point de naître.

Une chose était sûre, nos jeunes étaient les vrais héros de cette histoire. Chacun retourna dans sa famille respective et le petit Hélios pointa le bout de son nez, pas affecté le moins du monde par tout le stress de cette nuit agitée.

Depuis ce jour, la ville vivait dans la sérénité et était protégée du mal. Mais de nouvelles menaces pourraient prochainement peser sur ce bel équilibre…

Épilogue

Ce condensé de la nouvelle vous livrera les grandes lignes de l'histoire et décrira les personnages. Pour garder le suspens de l'intrigue, mieux vaut toutefois commencer la lecture par la nouvelle elle-même.

Amélie : Astronaute, elle travaille à la NASA, mais trouve que son travail occupe une place trop importante dans sa vie. Alors qu'elle rêve de se rendre sur Mars, ses supérieurs s'y opposent, car la mission est trop dangereuse. Face à la détermination de la jeune femme, ils finissent par la renvoyer et lui indiquent que si elle s'obstine à faire cette mission, ce sera uniquement par ses propres moyens.

Amélie a alors 20 ans et, pendant trois ans, elle construit un vaisseau avec l'un de ses amis de l'agence. Quand le projet s'achève, elle décolle seule à bord de l'appareil en direction de la planète rouge. Elle a réussi à aller au bout de son rêve et n'a jamais oublié son envie. Elle fête son vingt-quatrième anniversaire dans l'espace.

Arrivée sur Mars, elle découvre une planète sur laquelle il fait chaud et dont le sol est un sable rougeâtre. Elle peut y apercevoir d'autres planètes, ainsi que quelques animaux qu'elle n'a encore jamais croisés, à l'image d'un cheval dont les sabots sont des palmes. Elle y trouve également une oasis au milieu de laquelle s'étend un lac. Différentes espèces de poissons y nagent, s'il est possible de les nommer ainsi. Des arbres entourent l'espace, mais le plus surprenant est qu'ils se déplacent avec leurs racines lorsque le vent souffle. Elle a beau se frotter les yeux devant tant de fantaisies, elle ne rêve pas et a tout juste le temps d'éviter un arbre en mouvement.

Lors de l'atterrissage sur Mars, le vaisseau s'est abîmé et Amélie constate quelques dégâts. La radio est en panne et elle ne peut prévenir personne. Elle part donc en direction du lac, à la recherche d'eau potable, mais elle préfère ne prendre aucun risque. Elle tente ensuite de repérer des aliens et aperçoit l'orphelinat et ses enfants. Elle décide d'aller à la rencontre de la femme qui tient les lieux.

Claire : À 39 ans, Claire tient le seul orphelinat implanté sur la planète Mars et qui réunit des enfants aliens et humains. Il s'agit d'un héritage de sa mère, décédée dans un combat avec une chimère ; des créatures aussi dangereuses que gigantesques.

Si Claire a grandi sur Mars, elle se rendait souvent sur Pluton avec son père alien et sa mère astronaute. Elle connaît aujourd'hui les moindres recoins de la planète de terre et de feu.

À la mort de ses parents, elle leur a promis qu'elle protégerait Mars et les enfants, même au péril de sa propre vie.

À l'âge de 18 ans, elle a commencé à gérer seule l'orphelinat et à s'occuper d'une dizaine d'enfants ; une mission qu'elle effectue chaque jour avec plaisir.

Stephen : Cet ancien collaborateur de la NASA ne voulait plus travailler dans le cryptage de données. Il a alors rejoint un petit magasin en tant que caissier et y a rencontré Elliot, son patron. Très vite, les deux hommes ont sympathisé et se sont découvert de nombreuses passions communes.

L'année de ses 43 ans, Amélie l'appelle à l'aide.

Drake : Cet homme très sympathique a été recruté à la NASA au poste d'agent d'enfants pour l'adoption. Un emploi réglementaire sur le papier, mais qui consiste en réalité à enlever une enfant pour la mettre au pouvoir et détruire l'État après sa manipulation par la NASA.

Hitlar Daymon : Cet homme a des ambitions très élevées et son vœu le plus cher est de devenir riche. Mauvais à l'école, il est moqué par ses camarades pour son avidité. Cela lui procure des envies de vengeance, car il est bien décidé à prendre sa revanche et à être supérieur aux autres. Criminel dans l'âme, il va violer Claire après plusieurs mois de travail en commun et va être trahi par ses pulsions.

L'État : À la tête de la planète Terre se trouvent un unique président et un parlementaire. Cela s'apparente un peu à une monarchie absolue, puisque chaque pays compte en plus des ducs et des comtes. Le Président décide donc à sa guise. En concurrence directe avec la NASA, il se sent supérieur et, pour asseoir sa puissance, il n'hésite pas à publier les recherches de l'agence.

La NASA : L'agence est l'ennemie du Président et elle est excédée de ses abus de pouvoir. Elle vise donc l'autodestruction de l'État. Après avoir entendu parler d'enfants orphelins sur Mars, elle se jure de les mettre au pouvoir. Et s'ils refusent de faire ce que la NASA leur demande, ils seront enfermés dans une petite pièce ou privés de nourriture tant qu'ils n'acceptent pas de coopérer.

Elliot : Il est l'ancien patron de Stephen lorsqu'il travaillait dans le petit magasin. Aujourd'hui commissaire, sa vocation est d'aider la population. Il va d'ailleurs prendre part au conflit entre Hitlar Daymon et Claire, et aidera cette dernière à gagner son procès.

Imprimé en Allemagne
Achevé d'imprimer en mars 2024
Dépôt légal : mars 2024

Pour

Le Lys Bleu Éditions
40, rue du Louvre
75001 Paris

www.ingramcontent.com/pod-product-compliance
Lightning Source LLC
Chambersburg PA
CBHW062348010826
49168CB00024B/307

* 9 7 9 1 0 4 2 2 1 5 8 3 5 *